앙코르

앙코르

신동옥 시집

K
POET

아시아

차례

앙코르

모든 게 잘 되어간다

한자를 배우는 아이가 '백성 民'자는 무얼 본뜬 거냐 묻는다. 자전을 뒤져보니 어원이 심히 끔찍하다. 무릎을 꿇어앉은 노예의 한쪽 눈을 바늘 비슷한 형구(刑具)로 찌르는 모습을 본뜬 글자라는 거다.

'너는 이 땅에서 영원히 도망치며 헤매는 자가 될 것이다' 카인은 피 묻은 손을 씻고 하늘을 올려다보았다. 카인은 처음으로 인간의 피를 받아 마신 대지가 입을 벌려 토해내는 절규를 들었다.

카인이 손을 씻어 대지를 적신 피는 아마도 백성의 피와 같은 피일 거다. 누군가가 무언가가 만들어가는 역사 속에서 백성은 그저 함께 역사 속에 있는 자들일 뿐이다.

그럼에도 불구하고 인간은 고통받는 존재이며 자신이 고통받는다고 느끼기 때문에 열정적인 존재다.* 그럼에도 불구하고 우리에게 관계가 있는 것은 다른 세계가 아니라이 세계라는 사실이다.**

　현대시 월례회는 사직동 만남의 광장에서였다. 늙은 스승과 나란히 봄 노을을 받으며 육교를 넘어갔던 기억. 모든 게 억울하고 갑갑한 시절이었지만

　이제 와 보니 모든 게 잘 되어가는 것만 같던 시절이기도 했다.

* 칼 마르크스.
** 루이 알튀세르.

파수병

구름이 하늘을 풀어헤치고 있었다 반딧불인가 싶어 코를 디밀면 한 무리의 불빛이 일렁이며 다가오는 게 어렴풋한 들판 저편으로 눈발에 스러져가는 한 점을 응시하고 서 있었다

눈꺼풀이 떨듯 공제선(空際線) 아래로 빛을 구부리는 힘과 물방울을 한데 모으는 사연으로, 온몸을 데워 뿜어내던 울음도 한 호흡에 굳어 맺은 열매의 단잠

아군일까 적군일까, 추위에 강한 몸뚱이 생시에는 바삐 움직이며 절식하고 말을 아끼며 해가 떨어지면 몸을 포개고 잠들었다

뱃노래 풍으로

　모래폭풍과 철새와 숭어가 떼를 지어 몰려와 묻히는 삼
각주에서 뱃사람들은 물 위에서 태어났다

　아버지들은 골재업자였고 어머니들은 선미(船尾)에 숨
겨둔 부엌을 떠난 적이 없었다 집은 모래 채취 바지선

　불운을 으깨어 먹고 달을 이지러뜨리며 동아줄을 잘라
먹는 억센 이빨로* 저도 모르는 사이 끓어 넘치다 금세 잦
아드는 못갖춘마디

* Jacques Brel, 'Amsterdam'에서

진양조로

　이름 모를 병이 들어 밤바람 스치는 풀숲에 드러눕는 지경에 이르렀다 손바닥만 한 달빛 구덩이에 거꾸로 처박혀서 하늘에 걸린 엄지발가락을 초승달 모양 올려다보며 밤을 새웠다

　별안간 등허리에 걸친 지평선이 그를 일으켜 세워 한길로 떠밀었다 복사뼈에 날개가 돋아서 열두 마디 후렴을 한 곡조라도 독하게 질게 건너시라고

　그 겨울 가고 봄여름 다 가도록 복사뼈에 날개가 돋아서

소월조로

겨우내 엿 속에 담가둔 석류 두어 알 입에 문 듯

층층 꽝꽝 미선나무 담 너머로는 함박꽃 병아리꽃나무, 나무 아래 다시

쪽동백 좀작살나무 그늘에 번지는 꽃 볼까, 하고도 봄꽃 점점이 피고 진 뒤에 오시려나

맥없이 녹아 풀리는 살얼음 디디듯 잎갈나무 녹나무 건 듯 저만치, 새 한 마리

앙코르

그 별에서는 사람이 죽으면 땅에 묻는다지
땅속 깊이 잠든 그이는 언젠가
사랑했던 연인의 미소로 다시 태어난다지

동백꽃 꽃망울 지나 갯버들
움트는 실가지 *끄트머릴*
선득, 휘돌아 가는 봄바람

소록도

여남은 날 미리 써둔 일기장 비워둔 날씨 칸으로는 약
속이나 한 듯 빗줄기가 들이치는 여름 나절, 서울로 전학
간 친구가 뽀얀 얼굴로 다녀가면 발길을 놓친 그림자처럼
담벼락에 기대앉았다. 나란히 앉아 구름 사이로 번지는
노을을 가르는 햇발이나 세며 한 뼘씩 어두워졌다.

그러는 어느 사이에도 생애 첫 바다가 코앞인 그날이었
다. 새벽 첫차를 타고 면사무소에 나갔다 과역터미널 지
나 녹동항까지 버스를 세 번 갈아타고 작은 여객선을 내
려섰다. 저만치 무연한 언덕 위로 나란히 젊은 어머니 아
버지 버려진 운동장 지나 통곡의 벽 지나 소록성당 종루
를 돌아가고

여동생 둘 걸음마를 갓 시작한 막냇동생 초록색 돌멩이
가 듬성듬성한 몽돌해변이었다, 인적 없이 빽빽한 해송
틈으로 시리고 습한 바람이 불어가던. 크레용으로 미리
그려놓은 파도 갈피로 '구름 조금 소나기'에 자디잔 물살

낯설어서 더욱 선명한 감촉으로 종아리를 적시다 사라지
고 적시다 사라졌다.

흰 나리꽃 향내 맡으며

청라 언덕 위에 백합 필 적이었다 나는 또 흰 나리꽃 향
내 맡으며* 올이 풀린 베잠방이처럼 거칠고도 얼룩덜룩한
길을 더듬어 나아가고 있었다

간밤은 촛불 하나 밝히지 않은 설고 아득한 고장을 두
려움도 없이 머리카락이 휘날리다 귓바퀴에 잦아드는 찰
나의 빛에 기대어 지나쳐도 왔는데

이제는 또 세상 모든 아침과 밤을 지나서 어렵사리 당
도한 것만 같은 새벽 가지런히 발을 모으고 아직 여린 빛
이 꼬무락거리는 쪽으로 고개를 떨군다

낡고 해진 신발 구겨지고 닳아 모지라질수록 새로 태어
나는 저 구멍들 새로 태어나는 구멍마다 한껏 고이는 빛
과 온기를 그러모으는 안간힘으로 두 손을 모으고

발아래 살아 꿈틀거리는 길을 찍어누르며 되묻는다 여

기서 더 재촉할 것인가 기약 없이 머물 셈인가 어느 사이

뭉개진 구두코에서 새 한 마리 날아오르는 아침

* 이은상의 「동무생각」에서 빌려 씀.

작사가

듬성듬성 놓은 벽돌집은 무너질 때 더욱 강하다 노랫말 역시 그렇다 가장 잘고 연약한 숨결로 보잘것없고 버림받은 말씨로 엮어 썼다

밴드의 이름으로 크레디트는 공평하게 나누었는데 다시금 입을 맞춰 함께 부르면 혀끝에 쓴맛이 올라온다 모든 견고한 비유는 녹슬었다

"당신은 우리를 도울 수 없지만 우리는 당신을 도와야 하고 우리 안에 있는 당신의 거처를 최후까지 지켜야 합니다" 이것은 베르터보르크 수용소 벽에 적힌 에티 힐레숨의 말

누군가 애타게 외쳐 부르는 순간에도 한 여인이 돌에 맞아 죽는 것을 막아야 했기에 모래 위에 아무도 읽을 수 없는 글자 몇 마디를 적었다 그것이 예수가 남긴 문자의 전부였다

축음기의 이력

영원히 지속되는 고백을 완성하기 위해 무한을 감내해야 한다 무한을 완성하기 위해 시간의 제약이 필요했다 빈 주머니처럼 얄팍한 과거시제로 증폭되는 사랑의 말들

누구나 입에 올리면 시간을 멈추는 단어를 알고 있었는데 꿈속에서 이름을 애타게 외쳐 부르는데 아무도 일어나지 못했다 사랑의 말들은 영원히 파동을 그리며 이어졌다

아직 밤과 낮이 나뉘기 전인 미명의 나날 미래중독자들의 산책 그들은 어디로 향했던 것일까, 어떤 목소리는 공원을 지나 언덕 너머 자전거도로 근방 목백일홍 이파리에서 잦아드는데

에디슨이 축음기를 발명한 것은 사랑했던 이들의 음성을 영원히 간직하고파서였다.

개러지 록

　우리는 시인을 만났다 그이의 트렁크를 짐칸에 실었다 우리는 함께 여행했다 시인은 호주머니에 손을 집어넣었다가 원뿔 모양으로 뒤집어 꺼냈다 이마 위에 얹히는 빛의 고깔모자

　먼 데서 찾아와 이지러지지 않고 짧고 강렬하게 빛나다 사그라지는 빛, 비늘처럼 겹친 채 어둠 속에 아로새겨지는 음표들 불과 얼음과 사막을 지나 변방 하고도 변방의 나라에는 정령이 산다는데

　대개 아름다운 음악은 지하나 차고에서 태어나지 우리는 다만 진실하게 자신을 토로하기 위해 이생으로 뛰어들었지만 어느 마디에서는 교란이 일어나고 교착에 빠졌다

　난로 위에 똬리를 틀고 앉은 주전자는 붉게 달구어져 가는데 우리의 여정은 듬성듬성 놓인 포석을 디디며 구르는 돌멩이처럼 이리 채고 저리 채며 이어졌다

아침이면 이부자리를 털고 귀퉁이를 한데 맞추어 갰다
저녁이면 석양의 빛나는 모서리를 가리키며 가장 아름다
운 이름을 상상했다 그렇듯 말은 태어나고 음은 이어지고
우리는 침묵을 배웠다

러브송

숲 가까운 데 강변 습지 버려진 오두막 이끼 낀 너럭바위를 디디고 하늘로 뚫린 침엽수림 가운데서

아이들은 담장을 따라 걷네 시간이 얼마 없어 그러니 이봐 삶을 아끼지 마 순서로 공연은 계속됐다 숨이 숨으로 이어지고 피가 피로 데워지는 밤 후렴을 따라 떼창이 은하수를 넘어가고

그림자도 남기지 않고 불타 없어지는 음표들 몸에서는 검은 모래가 돋아나는 것 같다 아무리 가벼운 음이라도 메아리로 돌려보내는 곳에는 허방 하나 남는다

합주 속에서 자신을 찾아 헤맸다 마침내 곁을 찾았다고 여겼고 거기서 너를 봤다고 믿었다 네가 곁을 지켜주기 바랐다

그러니 이제 잠시 쉬어 가자 아주 잠시 아주 오래

애가

어제의 태양 아래서 어제의 노래를 이어가며 살았다 하루하루가 헌정곡이었다 나날이 추모곡이었다

아무리 가리려 해도 물러나지 않는 빛이 있다 음계가 있다 모든 인간은 내력 모를 스케일에 바쳐진 트리뷰트

리얼리즘 여운 속에서

스테이지를 전전했다 무대를 내려서며 이름을 바꾸고 리스트를 갈아치웠다 그러는 사이 그림자에선 시린 먼지 내음이 풍겼다

침대보다 맨발이 커다래지는 밤, 지친 몸놀림으로 덧대는 코드는 꿈속에 이어졌다 이 순간이 아니라면 어디였어도 불가능한 무대를 그리며

스케일은 몇 개의 반음을 거느리고서야 완벽했다 삐거덕거리며 이어지는 어깨춤, 눈빛은 제각각 회오리치며 빨려든다

저마다 다른 리듬을 찾아 헤맸지만 눈동자는 마주 세운 두 개의 도돌이표 우리가 주고받은 노래는 미로 같았다

어디서 리얼리즘 여운이 풍기는 것 같지 않아? 누구나 따라 부를 수 있는 후렴은 이 세상에 없다는 듯 녹슨 미러

볼 귀퉁이에는 작은 구멍이 하나

　잘게 갈라지며 쏟아지는 무지갯빛 속에서 지쳐 잠드는
순간까지 핑거링 또 핑거링 애드리브에 적당한 현실이 남
았다 변주에 좋은 사랑이 넘친다

스케일 없이

비늘처럼 겹쳤다 사방 벽을 뒤덮으며 건물 밖으로 이어 지는 것만 같은 무늬들을 세어가던 누군가 호주머니에 손 을 집어넣었다가 한 움큼

끼얹은 것만 같은 어둠 속에 낮은 불빛과 그림자 문은 등 뒤에서 잠겨 있고 지배인은 탁자에 엎드려 잠든 지 오 래인 듯

남은 사람 하나 없는데 마치 음표 하나하나가 시한폭탄 이라도 되는 듯 연주는 이어지고 있었다 으뜸음이 제자리 에 있다면

표정과 몸짓의 진짜 주인이 나타나 그이의 노래에 값을 치를 것이다 단조와 장조는 세 발자국 거리 어디에나 나 란한조는 있고

마치 매 순간이 마지막으로 일어날 폭발이라도 되는 양

음과 함께하건 빠져나오건 스케일 없이 스케일도 없이 연

주는 계속된다

릭과 리프 a

안달루시아에서 태어나 집시 기타로 음악을 시작했다 플라멩코의 거장이 되었고 고국에서는 그이의 음악을 경원시했지만

우리 것이 아니라는 사실을 인정하면 다른 세상을 열 수 있다는 믿음으로 결코 우리의 것이 될 수 없다는 걸 시인하고 나면 다른 세상을 소유하는 것이 가능하게 만드는 차원을 여는 방정식으로

손가락을 튕기듯 한 호흡씩 음을 이어가던 여유로 늦은 나이에 가정도 꾸려보고 이마가 훤해질 즈음에는 늦둥일 얻어

멕시코 칸쿤 즈음이려나 노을 지는 해변에서 손녀딸과 아이와 공놀이하다 심장마비로 세상을 떠난 누군가가 남긴 한 덩어리의 음

카피와 피처링

6월 현무암으로 이루어진 해안가 돌무더기 위에 무대가 꾸려지고 누군가 손가락을 펼쳐 공중으로 한 바퀴 돌리며 원, 투, 쓰리, 포

무언가가 우리로 하여금 연주를 계속하게 했기 때문에 우리는 리프를 이어갔을 뿐이라고 항변했다 무언가가 우리로 하여금 무대를 계속 살게 했기 때문에

살아온 것일 뿐이라고 그 모든 코다와 다코다를 꾸미고 꾸미서 더는 꾸밀 데가 없는 상태까지 데려가서 거기 긴 호흡의 쉼표를 찍어두고

말 그대로 삶 주변이 찬란한 빛에 완전히 용해되어 버릴 때까지 달려왔다고 베끼기와 창조를 가르는 건 이름값이다 이름을 가져라

프로모터는 말했다, 완벽한 이름이란 충동이나 리듬과

같은 것 그것은 언젠가 자신의 생애를 넘어서는 영역까지 지도를 확장할 것이다

　무성히 우거진 남방계 수풀 속으로 이름 없는 밴드의 연주가 스며들었다 나뭇잎 하나 흔들지 못하는 이름 없는 연주가 풀리는 물안개 너머

　한 무리의 술꾼들이 다가왔고 이내 왁자한 대화들이 밴드를 에워쌌다 음악이 너무 고요해서 속삭이는 대화조차 열정 어린 고백처럼 들리고 음악이 너무 고요해서

우리에게는 과묵한 리더가 필요해

리더는 늘 선두에 선다 제일 앞에 서서 외친다 내게는 얼굴이 없지 그래서 우리 가운데 누구도 그이의 진짜 얼굴을 본 사람은 없다

리더는 제일 앞에 서서 노래한다 그이는 노래가 가닿은 자리에 앉은 모든 사람의 마음을 속속들이 꿰고 있는데 우리 가운데 누구도 그이와 눈 맞춘 사람은 없다

우리의 공연이란 그저 어둠 속에서 추위에 떨며 함께하는 사육제 세상 모든 사람을 등 뒤에 세우고 앞장서서 외치는 누군가가 있다

한 줄로 늘어서서 낭떠러지를 향해서 걷는 사람들이 있다 노래가 울려 퍼지고 이생의 마지막 공연장으로 들어서는 긴 줄이 만들어진다

피아니시모

기름지고 검은 어둠으로 살이 오른 밤이면 피가 돈다

하늘 저편 되살아나는 셈여림표 어느 날은 스물이고 다른 날은 백 살이다

거푸 셈해도 도달하지 못할 음역(音域)의 나라로 번져가는 안개는 손바닥으로 닦아내자

음악이란 우울한 자에게는 선이 되고 애도하는 자에게는 악이 되며 죽은 자에게는 선도 악도 아닌 것*

누구도 가둘지 못할 맥박 속에 살아가고 있었다

* 스피노자

스완송

날이 저물고 비가 온다 빗방울은 눈더미를 적신다 우린 여전히 함께 있다 하지만 옷깃을 단단히 여미고 발을 비비며 마주 앉았다

손으로 닦아낼 수 없고 입김으로 지울 수 없는 속삭임이 스며 온다 먼 데 새들이 모여드는 여울을 지나 끝없이 하늘은 어딘가로 열려 있다

기운을 차려

네게 주어진 노래는 삶을 에워싸고 도는 메아리를 엮어 올린 주문 꿈속까지 함께했던 넋두리를 채보해둬 여기 남아 내 몫으로 남은 악절을 마디마디 헤아리게

눈의 효과

눈송이 같은 아이들 눈보라 같은 여인들을 이끌고 파리 근교 낯선 고장으로 길을 잡았다 첫날 헛간 벽을 허물고 눈 덮인 산을 창에 담았다 쫓겨온 고장인데 이젤 너머 눈 덮인 지붕 아래 집들은 그저 눈에 덮인 하얀 집일 뿐, 천연색 조각보처럼 이어진 처마 아래 당나귀와 토끼와 아이들이 자겠지 눈보라 치는 밤 포근한 짚 덤불에 엉겨 잠들겠지

저 푸른 것은 하늘인데 손바닥으로 가리면 다시는 빛이 나지 않는다네
도시에서는 지붕 아래 바퀴와 체인이 돌아가는 소리
그 시절 인간은 증기와 싸웠고 화가는 곧잘 지붕을 그렸지

베퇴유 가는 길 또는 눈의 효과라고 제목을 정했다 서명을 남긴 뒤 그림을 오려내 가슴에 품었다 눈보라는 아르장퇴유에서 베퇴유까지 따라왔고 베퇴유에서 지베르니

까지 불어갈 참이었다 지베르니의 연잎에도 이파리 꽃술
에도 이따금 눈꽃이 흩날렸다 그날 이후 모네의 등 뒤에
서는 눈보라가 그치지 않았다 눈송이 속에서 날아오르는
새 한 마리

악보 위의 인생

단어 하나하나마다 길이가 높낮이가 있다 호흡이 있다 번호가 붙은 책마다 다른 표정과 운명을 점지받은 문장이

어디서는 여리게 이어지다 끊어졌다 탄성과 한숨을 짜깁기한 조각보와 같이 사방에서 몰려든 시인들이 갖다 붙인 온갖 노랫말로 가득한 바벨탑 속에서

이마에 가슴에 새겨넣은 숫자를 짚어가다 보면 언젠가 음계의 진짜 주인을 만날 것도 같았기에 세트리스트는 더 이상 무의미했다

다만 한 가지 언어를 공유한다는 보잘것없는 위로가 주는 아늑함 속에서 발 디딘 땅을 뒤엎고 눈동자에 번져오는 어둠마저 한입에 베어 문 종결부의 여음

언젠가는 더 나은 파동을 그리며 이어지리라 믿으며 계속되는 즉흥 그렇게 이루어지는 단 하룻밤 단 한 번의 프

로그레시브 어쩌면 삶 그 자체와 맞바꾼 마지막 프로그레

시브

릭과 리프 b

경계도 기원도 알 수 없는 믹스 테이프에서 운명이 시
작되듯

때때로 어떤 음은 자정을 지나 새벽에 이르도록 안개와
벌레를 불러내기도 한다 어린 시절에는 누구나 몇 개의
로컬 밴드를 전전하고

그러다 마음 맞는 친구를 만나면 이름을 바꾸고 머리카
락을 부풀리고 굽 높은 구두를 신고 지분거리고 다니다가
앙코르까지 살아낸 무대가

비현실적인 마법이 될 때까지 현실이 곧 재현이라는 걸
깨닫는 어느 날 기타를 껴안은 채 거실 바닥에 차디차게
굳어버린 친구를 발견하고 어쩌면

반복되는 악몽이 기억에 스타카토를 찍듯 무의미한 릭
을 엮어 빚은 강렬한 리프(riff)로 새긴 흉터 생채기, 모든

잔여를 이어붙인 훅(hook)

　더운 숨을 몰아쉬며 다시 한번 훅 훅훅

핑거링

자유로운 다섯 하나로 묶인 다섯 다다를 수 없고 도달할 수 없고 닿을 수 없는 곳에서 자라다가 스스로 자신을 건드리는 순간 발생한다

건드린다 건드리며 걷는다 건드리는 순간 발생하고 그렇게 함으로써 한계에 다가선다 한 걸음씩 한계 속에서 한계 그 자체인 자신을 넘어선다

한계 속에서 발생하고 한계에 육박해야만 이 세계에 태어나는 그것은 영원히 닿을 수 없다 만질 수 없고 넘어설 수 없는 세계를 향해 질주한다

거대한 원환을 그리듯 질주하며 맞닿는다 정지한다

스트럼

화음이란 인식의 가속도로 침묵을 잠재우는 마법

길을 내면서 길을 바꾼다

여섯 개의 현을 동시에 튕긴다는 건

하나의 시대를 여는 것 한 개의 세계를 빚는 것

아르페지오

호수 한가운데로 배를 몰았다 노를 가로대 삼아 화구를 펼쳤다 햇빛 쏟아지는 부둣가 여인숙 공회당 건너 여름 숲 바위산 우듬지에도 연초록 이파리

이젤 가운데 올려두고 보면 사이사이로 뻗은 길이라면 어디든 끊어질 듯 이어진다 점점이 흘러가는 사람들 저렇 듯 물 가운데서 바라보는 물 밖의 풍경조차도 한 폭이었다

1913년 봄날―가르다호숫가의 말체시네―구스타프 클림트

B면에 묻어두고 온 것들

오래 떠났다 돌아오면 숨이 막혀 가슴이 으스러지도록 껴안아주리라 여기겠지, 그러라고 누군가는 창틀에 기대어 서 있을 테니까

누군가는 창가로 다가서게 마련이야 그리고는 다른 누군가가 돌아오기만을 기다리며 거기 붙박여 있겠지 창턱에는 죽은 낙엽이 쌓이고

창문을 보면대 삼아 오선지를 붙이고 밖을 보며 연주하다가 잠들지도 몰라 운지구멍 울림통으로는 죽은 낙엽이 켜켜이 쌓여가고

언젠가는 그 빌어먹을 놈이 영영 사라졌다고 모두 사라지고 말 거라고 동네가 떠나가라 고함을 질러댈 수도 있겠지 그렇게 모든 게 사라지고 나서도

온전히 걸어야 할 리프를 찾아서 그 중심에 도사린 한

음계에 사로잡혀야 할 누군가가 있다면 달군 쇠처럼 살갗에 아로새겨지는 악담과 비난을 견디면서

깎아내고 깎아내 새긴 비닐은 7인치, 숨어버리는 건 쉽지 하지만 다시 모습을 드러내는 건 쉽지 않을 거야

골라내고 골라낸 A면은 단 2트랙, 모두가 잘못이라고 손가락질하면 누군가를 패 죽이거나 생매장한 것만 같겠지만 우린 밴드일 뿐이다

우연히 이 세계에 발을 들였다 음계를 이어붙여 살림을 살고 장을 보고 설거지를 하는 한마디로 잡일투성이 그렇다 치고, 대관절 리더가 누구야?

식물학자

그는 화분에 묻혀 살았다 입맛도 까다로워서 곤충과 풀잎으로 끼니를 채웠다 생전에는 미치광이 취급을 받았다 아무도 그의 견해를 인정하지 않았다 그의 일기가 다시 읽히는 데는 백 년이 필요했다

백 년이면 한 인간의 광기를 잠재우기 충분한 시간이었다

세상이 언제나 이렇지만은 않던 시절의 일이었다 과거는 빗장을 걸어둔 벽장 속에 안온했고 아무도 터무니없이 먼 데를 보지 않았으며 누구도 뒤로 걷지 않았다

멀지만 가깝기에 낡아버린 지금이라는 시간 속에서 돋보기를 손에 쥐고

데모와 마스터

언제나 몇 테이크의 데모 몇 테이크의 시행착오 로파이 하이파이 로파이 하이파이 삶은 단지 악상의 재현처럼 느껴질 수도 있겠지만

열린 차원을 향해서 이월해가는 음파의 진동 그 속에서 목소리는 저마다 제 자리를 찾아가고 어느 행간에서는 교란이 일어나고

교착에 빠진 리듬으로 때로는 거짓말이 주인이 되어 삶을 인유하는 그 순간에도 망가진 스케일로도 노래는 이어갈 수 있다 애드리브 속에서

우리가 모르는 수많은 사람이 우리는 눈치챌 수조차 없는 무수한 실수와 잘못을 낱낱이 꿰고 보듬고 눈감아주고 언제나 몇 테이크의 데모

마스터테이프는 한 모금의 담배 연기가 퍼져나가는 진

똥 쓰는 손과 실연(實演)하는 손은 익히는 손과 먹는 손은

어떻게 다른가? 언제나 몇 테이크의 시행착오

투어버스 안에서

눈보라와 폭우는 예고도 없이 내리고 온종일 내리고 밤
새 퍼붓는 수도 있습니다 아무것도 아니었고 누구의 편도
아니었으며 어딘지도 모를 곳에서 떠나온 물방울처럼

노래는 더 이상 스밀 데가 없는데 어딜 가나 팬은 넘쳐
나고 투어는 계속됩니다 차창에 사선으로 미끄러지는 물
방울 하나하나에도 세계가 있고 이 세계는 자신만을 추앙
하는 그루피들로 꽉 차 있습니다

나이가 문제는 아닙니다 그는 아주 늙었을 수도 있고 아
주 젊었을 수도 있습니다 중요한 건 그 자신이 어디 있는
지 모른다는 것 그리고 어디론가 떠나고 싶어한다는 것*

* 루이 알튀세르, 「유물론 철학자의 초상」 가운데.

행진곡 풍으로

아 갓 소울 벗 암 낫 어 솔저* 미덕과 패덕 사이 세계가
있다 아 갓 소울 벗 암 낫 어 솔저 세계가 있기 전에 비세
계가 있다 아 갓 소울 벗 암 낫 어 솔저 비세계가 있기 전
에 인간이 있다

아 갓 소울 벗 암 낫 어 솔저 인간이 있기 전에 비인간
이 있다 아 갓 소울 벗 암 낫 어 솔저 비인간이 있기 전에
리듬이 있다 아 갓 소울 벗 암 낫 어 솔저 리듬이 있기 전
에 시가 있다

아 갓 소울 벗 암 낫 어 솔저 시가 있기 전에 비시가 있
다 아 갓 소울 벗 암 낫 어 솔저 비시가 있기 전에 외침이
있다 아 갓 소울 벗 암 낫 어 솔저 외침이 있기 전에 말이
있다

아 갓 소울 벗 암 낫 어 솔저 말이 있기 전에 비말(飛沫)
이 있다 아 갓 소울 벗 암 낫 어 솔저 젊은 밴드여 침을 뱉

어라 아 갓 소울 벗 암 낫 어 솔저 침을 뱉어라

* The Killers, 'All these things that's I've done'에서; "I got soul, but I'm not a soldier"

작곡가

모두가 우리 밴드의 노래를 들었는데 아무도 우리를 믿지 않네 음악은 입을 다물게 만들고 말은 기억의 빗장을 닫아걸게 만드니까

말더듬이의 시장에서 심박수를 재고 맥박을 사고팔았네 그렇게 헤아려진 미디엄 템포의 고동 소리 구겨진 악보 속에서 항진하는 몇 bpm의 침묵

어제의 노랫말은 진실이었지만 오늘의 진실은 실수였어 못갖춘마디 속에서 꼬일 대로 꼬인 스케일은 함수처럼 전진하네 내일의 결론을 향해서

여태껏 누구도 노래를 극복한 적은 없기 때문에 모든 악절을 지배하는 패자(霸者)라는 말은 史記에나 있는 법이 노래에는 영영 실패자밖에 없는 것 같네

랩소디

노래 위에 노래를 얹게 하고 바람으로 벽을 둘렀다 구름을 그러모아 우물을 지었다 창턱에는 벌 나비를 양각했다 꿈틀거리며 뻗어가는 사방연속무늬마다 내력을 짐작할 수 없는 초상화들

곱게 무두질한 가죽을 덧댄 의자를 털고 일어나 장화를 배꼽까지 추켜올리나 싶었더니 어느새 허공에 들보가 걸쳐진다 기왓장에서 대문까지 같은 울림을 품은 호흡을 불어 넣었다

실뿌리를 가득 담고 마당을 돌아나가는 바람과 노을이 번지는 쪽으로 한 마디씩 잎맥을 펼치는 여린 싹들 외딴 숲에서 갓 길어 온 서늘한 웅성거림으로 빚은 돌림노래

철 지난 외투를 벗고 부스스한 머리를 털고 고개 숙여 인사하듯 식탁에 앉으면 애써 지은 살림을 척지고 우뚝 버티어 선 침묵 생활은 그렇듯 막다른 벽이었다

빈틈을 남겨두지 않으려는 마음이 노래에 풍경을 옮아 맸다 어둠이 먼저 내리는 외진 데로만 길을 잡아가는 골바람에 불빛 사각거리는 아궁이 곁에서 마음은 노랗게 익어 가지만

아직 밤이 깊지 않았다고 노래하자 밤이 깊지 않았다고 노래하고 노래 위에 다시 노래를 멎게 하고 용기를 내자 가수는 어원이 꿰매는 자다 꿰매고 일으키는 자다

우리는 이 노래 속에 있거나 다른 노래 속에 있다 이 세계에 출구가 없는 것처럼 노래에 출구는 없다 이면은 없다

블루스는 열두 마디

악상 속에 새집이 지어지면 밴드보다 관객이 먼저 등장한다 오늘 밤 주인공은 모르고 나머지 모두가 아는 공연의 비밀

세상 누구도 주인공을 기다리지 않았기에 이번 스테이지는 무언가 색다른 게 필요해 원한 적도 바란 적도 없는데

결코 상실해본 적조차 없는 걸 손에 쥐었다는 사실을 깨달았을 때, 무대 위에서 그 모든 비밀을 송두리째 털어놓을 생각은 없다

아직은 시작조차 하지 못했고 끝난 건 아무것도 없으니 루트를 찾아 근음(根音)에 동그라미를 그려 거기가 뿌리야 패턴을 따라 뻗어 나가는 거지

상행하고 하행하고 아슬아슬 이어지는 즉흥으로 가지

를 치는 삶 구두끈을 묶는 법에서 천장의 아치까지 부러
진 피크 조각에서 지대공 미사일까지

　블루스는 열두 마디, 모두 같은 진공을 공백을 틈을 장
악하고 있어 먼 데서 불어온 바람을 어깨에 얹고 악기에
손을 얹는 몸짓에는 떨림이 없지

트리뷰트 데이

마지막은 늘 추모곡이었다 그건 신(scene)의 불문율, 언제고 떠날 자는 다른 이의 악기 위에 먼지를 얹지 않고 손길을 남기지 않기에 삐거덕거리며 닫히는 문짝 경첩 틈에 떠는 숨결들

그렇게 열린 문으로 드나드는 모든 이들의 표정을 고스란히 간직한 채 화음은 뻗어나갔다 신기하기도 하지 이렇게 뭐가 되었든 아무튼 무언가 있기는 있다는 게 비밀은 겨울옷 속에 잠들었는데*

절망에 빠져 있을 때 당신 몸짓은 어떠한가 춤이란 그런 물음, 눈물 맺힌 망막 위로 벽은 물러서는 동시에 닥쳐오지 리듬이란 그런 압박감

달과 나란히 걸었지 아침을 함께했고 석양빛을 나눈 다음 해 다 진 담벼락 아래 아직은 온기가 남은 자리를 찾아 앉았다 반쯤 헐어낸 무대 귀퉁이 너머 달이 뜨는데

유혈목이처럼 검푸른 바탕에 점점이 튀워오는 진홍 달빛 속에서 검게 달군 주전자에 남은 술을 데워 마시며 되물었지 과연 이게 우리가 이룬 혁명인가

지하 차고에서 버려진 공장에서 벽에다 대고 꽝꽝 울부짖으며 차트 밖에서 장르를 만들어내고 무대 너머에서 혁명을 새로 썼다고 말들 하지만 손톱만큼도 행복하지 않은 혁명이 세상 어디 있나

과거로 사라져 갔지만 미래로부터 날아온 안부처럼 노래는 계속되고 그게 밴드의 삶이었다 트렁크에 악기와 스피커를 욱여넣고 거리를 전전하며 새 노래를 써 내려가는 것

그러니 아무튼 뭐가 되었든 이렇게 무언가가 되어 있기는 있다는 사실이 그것만으로 충분히 신비하지 않은가 혁

명은 더럽고 비밀은 겨울옷 속에 잠들었다

* Neutral Milk Hotel, 'In the aeroplane over the sea'에서: "All secrets sleep in winter clothes …… Can't believe how strange it is to be anything at all"

정오의 희망곡

새들이 부르는 소리를 이해하지 못하고 죽은 영혼이 속
삭이는 소리를 인용하지 않으며 저도 모르게 옆구리로 쐐
기풀 질경이 돋아나는

지구라는 악기를 조율하던 한 시절 닳고 닳은 음반만이
혼자 남겨졌다는 느낌을 잠재우던 시절 종소리 잦아드는
동심원의 파동 속에서

손으로 만질 수 있는 음악을 사고 볼륨을 키우면 사랑
노래가 울려 퍼지던 날들을 기억해 속지를 펼쳐 읽으면
들려오던 수줍은 고백의 말들을

국가와 연가

　보폭을 조정하는 노래 그러니까 거리의 노래 나란히 걸
어갈 길이 앞에 놓이면 어김없이 발등을 동여맨 걸음걸이
속에 울려 퍼지는 돌림노래

　귀를 열어둔 모든 이들이 흥얼거리는 가락 어디에나 떨
어진 열매를 맛보듯 모두의 귀를 향해 열려 있는 음정과
박자 언젠가 도래할 혁명의 밑거름이 될 노래

　악보와 선율을 음미할 줄 아는 작은 사람들이 살아갈
최후의 공화국을 향하여 열린 문틈으로 흘러나오는 선율
속에서 지휘자의 시야는 한 치 앞을 가늠할 수 없으리만
치 헝클어져 있었다

후렴

따스한 불빛을 원한다고 반드시 먼 데를 꿈꿀 필요는 없다 모든 삶은 이미 충분히 인간이기에 누구도 잔인해질 필요는 없다 클라이맥스 없이

뭉근하게 치미는 온기를 머금은 눈동자 속에도 창문 하나쯤 열려 있고 모든 침묵은 이미 음악이기에 음악은 음악으로 존속한다 클라이맥스 없이

아가

저기 저 너머

무한한 후렴 속에 음파의 일격 속에

죽은 자들의 꿈을 정화하고 다른 결말을 향해 열리는

세상 모든 다정한 귓바퀴를 불러 모아 품에 안은

바리케이드가 되어 방주가 되어 끝없이 육박하는

끝없이 육화하는 지금 바로 이 순간 함께하는

맥박 속에 여울지는 이 노래는

모든 인간을 변화하게 만드는

거대한 약속

페이지터너

그해 가을 첫눈이 내렸다 창틀을 단단히 붙들고 주저하는 친구들을 등 뒤에 남겨두고 금세 휘발되거나 잊혀질 사랑의 말들을 주고받으며

손톱만 한 불빛을 품에 안은 채 눈보라 속을 걸어 속속 공연장으로 들어서는 사람들 눈길을 내려서는 사람들의 발목이 플루트처럼 희었다

그 사랑 속에 음악이 있었다 설령 신이 죽었다고 해도 신의 사랑만은 영속해야 하듯 그 사랑 속에 음악이 있었다 완강한 자유의 형식으로

맥놀이 하는 악보는 매번 삶을 바꿔놓았다 성공적인 공연은 떠안기 어려운 이름값을 남겼고 그 끝에 이르러서 인간은 인간을 벗어났다

음악이 끝나면 인간은 먼지에 불과하다

멕시코의 어느 해변에서 손자와 휴가를 즐기다 심장마비로 세상을 떠났다는 기타리스트가 있다. '갈라지는 물줄기 사이로(Entre dos Aguas)'를 들으면 여전히 그이의 심장 소리가 들리는 듯하다. 노르웨이 오슬로의 아파트에서 악기를 손에 쥔 그대로 세상을 떠난 기타리스트도 있다. 그는 스페인어로 '새벽(Madrugada)'이라는 이름을 가진 밴드에서 연주했다. 마른 겨울 하늘에 새 한 마리 긋고 지나가며 막이 올랐던 추모 공연에는 비가 뿌렸다.

그는 시골에서 태어났다. 아버지는 군인이라고 했다. 조부모와 누나 사이에서 자랐다. 생일 선물로 받은 기타와 블루스 음악이 그를 키웠다. 젊은 시절 전자기타를 중심에 둔 음악으로 보여줄 수 있는 모든 것을 이뤘다. 사랑하는 이들을 잃었고 불가능한 염문에 탐닉했다. 알코올과 약물로 정신을 놓으며 사랑했던 이들에게 악담을 퍼붓기도 했다. 늦은 나이에 얻은 아이마저 사고로 잃었다. 음악적으로 그가 가장 빛났던 순간은 젊은 날이었다. 하지만 대부분은 모든 것을 잃고 음악 앞에 다시 선 그를 사랑하는 듯하다. 이 이야기는 에릭 클랩턴이 써 내려간 '12마디 블루스 안에서의 삶(Life in 12 bars)'이지만, 어느 다정하고 평범한 이웃의 삶일 수도 있다.

어떤 죽음은 영원히 문장 너머에 있지만, 마지막까지 우리 삶 가까이에 있다. 한때는 조금씩 목숨을 헐어서 쓴다는 마음가짐으로 스승과 가족과 친우의 죽음을 애도하는 시를 쓰기도 했다. 하지만 내가 지은 문장으로는 새들이 부르는 소리를 이해할 수 없고, 죽은 자가 속삭이는 목소리를 인용할 수도 없다. 언제나 긴 침묵이 이어진다. 그 사이로 떠오는 시공간이 당신과 나를 마주 세운다. 그 거리를 재가며 손으로 만질 수 있는 음악을 사고 다정한 이가 건넨 편지를 펼치듯 속지를 읽던 순간들을 기억한다. 볼륨을 키우면 근사한 사랑 노래가 울려 퍼지던 시절의 일들 말이다.

부서질 정도로 영롱한 창을 낸 집을 그린 적 있다. 그 집은 너무도 완벽해서 내가 발 디딘 땅 위에는 온전하게 세울 수조차 없었다. 그려진 집은 허물어지지 않기에 현실 속에 존재할 수 없다는 것을 알게 되었다. 따스한 불빛을 꿈꾼다고 반드시 먼 데를 그릴 필요는 없다는 것도 말이다. 어딘가에는 아무리 가리려 해도 물러나지 않는 빛이 남아 있을 것이기 때문이다. 당신과 나의 삶 한가운데 그 빛이 잔존했던 순간들을 다시 살아내려는 마음에서 이 시집은 시작되었다.

멀지만 가깝기에, 낡아버린 현재 속에서 함께했던 이들을 기억한다. 우리가 함께한 대부분의 시간은 현재 시제로 영속한다. 소중한 순간은 빗장을 걸어둔 그대로 안온할 것이다. 누구도 뒤로 걷지 않기에 무한으로 이어지는 러닝 타임 속에 함께였다. 내내 함께일 것이다.

메타삶

연 날리는 계절이면 뒤란 대숲을 헤맸다. 죽은 대를 골라서 꺾어오는 것을 나무라는 이는 없었다. 낫을 거꾸로 잡고 두 발 사이에 낫살을 고정한 다음 대나무 쪽을 잡아당겨서 안쪽 무른 살을 벗겨내고 최대한 매끄러운 겉껍질 부분만 길게 남겼다. 해가 바뀔 무렵에는 쓰고 버린 달력이 제격이었다. 그것도 아니라면 몇 겹으로 종이를 묶어 만든 사료 포대 안쪽 매끄러운 부분도 좋았다. 식구들이 모두 잠든 틈을 골라 고방 나무 바닥에 앉아 연을 만들었다. 연살을 종이 사이에 휘고 붙인 다음, 수평을 가늠하고 마지막으로 꼬리를 붙였다. 그러고도 한쪽으로 기운다 싶으면 잔 종이를 덧대어 균형을 잡았다. 연실은 다발로 구해다가 볕 좋은 날을 골라 얼레에 감았다. 대나무밭 너머로는 보리밭 작약밭이었다. 싹이 패고 이파리에 제법 짙은 녹색이 스미면 보리를 밟아도 괜찮았다. 부드럽게 휘어지다가 바람을 제대로 안고 연이 얼굴을 드러낼라치면 하늘로 솟구치는 연실, 얼레를 보리밭 이랑에 박아두고 누워『보물섬』,『15소년 표류기』등속을 읽었다. 등에 얼음이 배기는 줄도 모르고 까무룩 잠이 들었다. 연실에는 유리를 곱게 개어 넣은 풀을 먹였다. '서슬이 푸르다'라는 말을 알게 되었다. 풀 먹인 연실이 여리고 날카로운 빛살을 그렸다. 달빛 아래로 뻗어가는 잔광(殘光)은 밤하늘 깊은 데까지 이어졌다. 얼레를 단단히 움켜쥐고 연실을 자르면, 푸른 달빛이 에워싼 하늘 저편으로 물고기 한 마리가 지느러미를 흔들며 유유히 사라져갔다. 하늘 언저리에 알 수 없는 무늬를 수놓다가 검푸른 점 하나 남았다.

*

실을 끊고 나서 더욱 힘을 주어 얼레 손잡이를 움켜쥐었던 순간의 느낌이 여태 생생하다. 연을 놓아주던 순간 손끝에서 발끝까지 온몸을 사로잡다가 순식간에 빠져나갔던 어떤 힘을 기억한다. 놓아주는 순간에야 삶을 사로잡는 어떤 힘의 실체를 똑똑히 기억한다. 쓰는 순간을 지배하는 힘 역시 그러하리라. 다른 생각이 끼어들 여지가 없던 팽팽한 실 하나를 제 손으로 끊어버리는 바로 그 순간에만 내가 무엇인가와 이어져 있었다는 감각을 온몸으로 되새긴다. 사라지는 기쁨. 어쩌면 온전히 망각하기 위해서 문장은 이어지는 것일 수도 있을 터. 마음으로 의심하지 않는 것을 철학으로 의심하는 척하지 말라고 한 이는 찰스 샌더스 퍼스다. 마음으로 의심하지 않는 것을 시로 의심하는 척하지 말라. 경험을 통한 귀납과 상상의 딜레마는 가치의 문제와는 차원을 달리하게 마련이다. 나날을 이끌어가는 작은 섬세함, 바로 그 작은 섬세함을 통해서 인간은 사소하지만 더 중요한 차원으로 거듭 이행할 수 있다고 말한 이는 데이비드 흄일 것이다.

*

가끔은 새가 되어 하늘을 나는 꿈을 꾼다. 내가 새인지 새가 나인지 알 바가 없지만, 조감(鳥瞰)하는 눈으로 하늘을 날면서 시간과 공간을 이접(異接)하면서 유유자적 흘러가는 이야기. 하늘에서 내려다보면 내가 사는 동네는 작은 구슬 같다. 멀리서 보면 똑같은 점들이 부지런히 방향을 한쪽으로 정해 꼬무락거리고 있다. 가까이 다가서서 손을 흔들면 모두가 정겨운 얼굴들이다. 집 앞 초등학교 뒷문을 빠져나가서 지하철 역사를 지나 백화점 꼭대기에

서 흔들 자동차 인형 한 번 타고, 북서울꿈의숲 너머 내부순환로를 타고 어딘가로 끝없이 날아간다. 날개인지 손인지 알 수 없는 죽지를 펼치면 곁에서 누군가가 늘 손을 마주 잡는다. 따스하고 작은 손이다. 간장 종지에 담아놓은 물에도 쇠스랑이 박혀 있다고 말한 이는 아마 죽은 할아버지일 것이다. 물이나 거울이나 빛을 먹기는 매한가진데, 아무리 매끈하게 닦아놓은 거울에도 빛이 먼저 닿는 중심이 있게 마련이다. 바로 거기 거울이 인간에게 말을 건네는 입술이 꼬무락거린다. 빛이 건네는 소리는 대개 파열음이다. 물에 잠기고 다시 빛에 잠긴다. 잠겼다 떠오르는 것은 어느 순간 빛 속으로, 물속으로 영영 건너가버린 누군가가 남긴 부재의 흔적이 아니다. 떠오르는 것은 차라리 누구여도 상관없는 모든 사람의 부재가 물속 깊은 곳으로 가라앉아버렸다는 기억 흔적이다.

*

한때 나는 거짓을 말하는 표정이 더욱 생기 있는 문장을 구사했다. 굳이 거짓이라고 하지 않고, 상상이거나 망상이라고 해도 좋을 것이다. 그것을 꿈이라고 고쳐서 쓰면 맞은편에 누구여도 상관없는 사람의 삶 하나를 맞세울 수 있을 것이다. 아무것도 말하지 않고 토로하지 않고 생각하지 않고 느끼지 않는 시를 쓰는 데 길들어 있었던 셈인데, 그건 내가 쓴 시를 아무도 모를 가슴 깊은 곳 누구도 들여다볼 수 없는 영역까지 끌고 들어가는 데 능했기 때문이었을 수도 있겠다는 생각. 'meta'는 실재에 대한 회의를 근거로 하는 것일 터인데, '메타의 이면'이라는 것이 있다면 모든 언어에는 '구조적으로' 증명이 가능한 시법이 존재할지 모른다. 메타언어를 부정하는 순간 해석과 의도를 벗어난 생성이 가능할 수도 있을 테고 말이다. 메타성이 사라지는 순간이 바로 욕망과 무의식이 변형되는 사건의 시발점이라고나 할까? 논리적으로는 그렇다. 하지만, 하지만 말이다. 모방과 타자성, 생생하고 고유하게 살아 꿈틀대는 순간순간 각자에게 감정 이입하는 전유의 언어가 설 자리는 사라진다. 시를 존속하게 하는 일상언어가 무용해지기 때문이다. 타자에 대한 마법적인 모방 자체가 폭력으로 돌변하는 시대를 건너왔기에 메타성을 부정하는 것이 옳은 결론을 이끌어낼 계기가 되었을 수도 있다. 그렇기에 '메타언어는 없다'는 선언은 여러모로 옳은 전제로 받아들여진다.

*

　내 문장은 늘 조금씩 비켜서 있다. 살짝살짝 비켜서며 쌓아 올리는 축. 나란히 서 있을 때도 비켜서 있는 언어가, 입장이, 시선이 사소하지만 중요한 편차를 만든다. 바로 그 작은 편차를 만드는 섬세함이 실재와 꿈과 현실을 뒤섞는다. 아마도 지금까지는 그래왔을 거라는 생각.

발문

끝나지 않을 노래

조대한(문학평론가)

레테의 강을 뛰어넘으며 수많은 이들의 마음을 울렸던 오르페우스의 애가는 언제나 리라(lyre)를 통해 연주되었고, 그 악기와 서정시(lyric)가 같은 어원을 공유하고 있다는 것은 비교적 잘 알려진 이야기이다. 하지만 그의 노래의 기원이 '기억술'의 일종이었다는 사실은 상대적으로 조금 덜 알려져 있다. 당시 거인들과의 기간토마키아 전쟁에서 승리한 신들은 자신들에게 일어났던 기나긴 싸움을 모두 기록으로 남겨두려 했으나 뚜렷한 방법을 지니고 있지 못했다. 하여 그들은 기억의 여신 므네모시네와 함께 이를 기념하고 축하하는 노래를 만들고자 했다. 그 결과 탄생한 것이 칼리오페를 필두로 하는 아홉 명의 뮤즈들이었고, 그들의 피를 곧바로 이어받은 자가 바로 시인이자 음악가인 오르페우스였다. 즉 애초부터 시와 노래는

"사랑했던 이들의 음성을 영원히 간직하고"자 "축음기를 발명"(「축음기의 이력」)했던 한 과학자의 시도처럼, 무언가를 반드시 기억하려는 의지의 소산이었던 셈이다.

신동옥 시인의 이번 시집 『앙코르』 또한 자신이 사랑하고 투쟁했던 어떤 시절의 기록이자 노랫말처럼 읽힌다. 그 속엔 "속지를 펼쳐 읽으면 들려오던 수줍은 고백의 말들"과 "손으로 만질 수 있는 음악을 사고 볼륨을 키우면 사랑 노래가 울려 퍼지던 날들을 기억"(「정오의 희망곡」)들이 담겨 있는 듯하다. 그것은 "설령 신이 죽었다고 해도 신의 사랑만은 영속해야" 한다고 믿는 듯한 한 시인이 끈질기게 남겨둔 "사랑의 말들"이자 "그 사랑 속에 음악"(「페이지 터너」)이기도 할 것이다.

그 아름다운 기록의 절창들 중 하나로 「소록도」라는 시편을 언급해볼 수 있겠다. 얼마 남지 않은 여름방학의 어느 날, 날씨 칸만 비워둔 채 미리 써두었던 어린 시인의 일기장 위로 약속처럼 가는 빗줄기가 들이친다. 그날은 서울로 전학을 떠났던 벗의 반가운 얼굴과 재회했던 날이기도 하지만, "생애 첫 바다"를 대면했던 날이기도 한 것 같다. 잊지 못할 그날의 기록 속엔 버스와 여객선을 갈아타며 지나쳤던 터미널과 항구, 소록도의 너른 언덕 너머에 숨어 있던 운동장과 성당의 종루, 걸음마를 막 시작한 동생과 걸었던 몽돌해변의 정경이 담담하고 미려하게 펼쳐져 있다. 다만 그 어린 날의 풍경이 마냥 밝고 천진난만하게 그려지는 것은 아니다. 조각조각 이어지는 그 이미지들 속엔 "선명한 감촉으로 종아리를 적시다 사라"진 파도의 낯설고 선득했던 기억들과, 서울로 떠난 친구 뒤에 "그림자처럼" 남겨져 "한 뼘씩 어두워졌"던 여린 마음의 시간들까지 놓여 있는 듯하다.

　지나간 시절에 대한 이 같은 상반된 감정은「모든 게 잘되어간다」라는 시편에서 보다 직접적으로 드러난다. 시인은 한자를 공부하다 단어의 뜻을 물어보는 아이의 무해한 질문 앞에서, 끔찍한 형벌을 받아야만 했던 과거의 노예들과 씻기지 않는 저주를 받았던 카인의 모습을 떠올린다. 시인이 보기에 그들이 겪었던 지난날의 고통은 이 세계 속에 내던져진 유한자들에게 원죄처럼 주어진 억압의 조건이자, "자신이 고통받는다고 느끼기 때문에 열정적인 존재"로 화할 수 있는 모순된 가능성의 조건인 듯싶다. 그러니 시인에게 매달 어딘가에 모여 시를 쓰고 "늙은 스승과 나란히 봄 노을을 받으며 육교를 넘어갔던" 지난날의 기억은 "모든 게 억울하고 갑갑한 시절"의 기억인 동시에

"모든 게 잘 되어가는 것만 같던 시절"의 기억일 수밖에 없다.

앞서의 시편들에 담긴 것처럼 시인은 남해의 수많은 섬들이 가까이 있는 남도에서 어린 시절을 보냈고, 서울로 상경해 이곳저곳을 누비다 왕십리의 높고 구석진 건물에서 시를 배웠을 것이다. 시인에게 열정의 원동력이 되었던 그 시절의 감정들은 과연 무엇이었을까. 젊은 시절의 그가 겪어야 했던 억울함과 답답함을 지금의 나는 조금도 알지 못한다. 내가 만났던 그는 이미 여러 권의 시집을 낸 작가였고, 무심코 전화해 제목도 낯선 책을 추천해주던 학형이었으며, 늘 웃음을 잃지 않는 다정한 열음의 아빠였다. 가끔 식사 자리에서 본인과 주변 사람들의 농담을 통해 드러나는 이미지의 편린들과 드문드문 주워들었던 일화들로 한 시절 그의 모습을 얼핏 짐작해볼 수 있을 뿐이다. 물론 시간이 지나고 나이가 들어 성향이 다소간 달라진 것처럼 보일지라도 그가 지닌 근본기분과 삶을 향한 태도가 크게 바뀌었다고 나는 생각하지 않는다. 오래전부터 그는 악공이자 시인이었고, 지금까지도 시와 음악과 혁명의 오래된 힘을 신봉하는 사람처럼 보이는 까닭이다. 여전히 그에게 "여섯 개의 현을 동시에 튕긴다는 건" "하

나의 시대를 여는 것"이자 "한 개의 세계를 빚는 것"(『스트
림』)에 다름 아니다.

　문제는 그 시절의 억압과 열정들이 이제는 모두 지나간
과거의 신화가 되어버렸다는 점일 것이다. 세계와 부딪치
며 새로운 "장르를 만들어내고 무대 너머에서 혁명을 새
로 썼다고" 생각해왔지만, 이곳의 풍경은 그대로이고 지
금 우리들은 "손톱만큼도 행복하지 않"(『트리뷰트 데이』)은
것 같다. 세계의 종말과 변화를 호언장담했던 세기말의
예언가와 혁명가들은 모두 어딘가로 사라져버렸고, 21세
기 한국 최초의 여성 대통령은 독재자의 딸의 차지가 되
었다. 진실로 무서운 것은 이 세계가 잘못될지도 모른다
는 두려운 예감의 순간이 아니라 실은 그럼에도 우리에게
아무것도 일어나지 않을 거라는 사실, 그 억압과 두려움
의 가능성조차 모두 멈춰 소진되고 말리라는 사실을 우리
가 무의식중에 깨닫는 순간이 아닐까. 꿈꾸고 싸우던 미
래가 너절한 현실로 화한 이곳에서 "비밀은 겨울옷 속에
잠들었"(『트리뷰트 데이』)고 혁명은 낡은 농담이 되었다.

　그렇기에 시인이 "생전에는 미치광이 취급"(『식물학자』)
을 받았다고 썼던 한 식물학자는 어쩌면 죽기 전까지 무
척이나 행복했을지도 모르겠다. 비록 평생을 풀잎과 화분

에 파묻혀 살아갔으나 그에게는 미지의 미래를 향한 꿈이 있었고, 이 세계의 누구도 알아차리지 못한 비의의 노래를 부르고 있다는 자부심이 있었을 것이다. 지금의 시간에 충실했던 그 시절 "과거는 빗장을 걸어둔 벽장 속에 안온했고 아무도 터무니없이 먼 데를 보지 않았으며 누구도 뒤로 걷지 않았다"(『식물학자』). 하지만 이미 클라이맥스에 도달해버린 노래의 종결부에서, 모든 혁명에의 열망과 정치적 꿈이 무의식 속에 잠들어버린 이곳에서, 과거의 열의와 낡은 미래의 꿈을 노래하는 일은 익숙한 멜로디를 추억처럼 소진하는 기쁨 외에 달리 어떠한 의미가 있는 것일까?

몰리 로덴버그(Molly A. Rothenberg)는 이 세계 속에서 살아가는 이들을 '미래완료'의 존재로서 파악한다. 우리는 미래를 향해 늘 열려 있는 자들이자 그 존재의 일부를 미래로부터 빌려오는 자들이라고 그는 말한다. 이는 미래가 지닌 무한한 가능성을 긍정하는 의미라기보다는, 먼미래에 다시 과거로 화할 지금 존재들의 비확정성을 강조하는 말에 가까울 것이다. 즉 현존재들의 발화와 행동은 미래의 해석과 개입이 도착한 이후에야 그 본래의 의미가 확정될 수 있다는 뜻이다. 홀로된 즉자 존재에 불과했던 한 광인의 삶이 미래의 발견과 가치 평가 이후에야 비로소 유의미한 식물학자의 삶으로 재배치된 것처럼, 어떤 행위의 텅 빈 의미를 파악하기 위해선 완료된 시제로서의 반복과 해석이 필요하다는 것이 그의 주장이다. "아무도 그의 견해를 인정하지 않았"던 식물학자의 "일기가 다시 읽히는 데는 백 년이 필요했다"(「식물학자」). 과거의 꿈과 사랑, 혁명의 노랫말들이 진실된 의미를 되찾기 위해선 그보다 더한 시간과 재연이 필요한 것은 아닐까.

그러므로 신동옥의 『앙코르』는 단순한 옛 시절의 만가가 아니라, 여전히 미완료된 채로 남아 있는 지난날의 꿈이자 아직 끝나지 않은 노랫말이다. "과거로 사라져 갔지만 미래로부터 날아온 안부처럼 노래는 계속"(「트리뷰트 데이」)되고, "마주 세운 두 개의 도돌이표"(「리얼리즘 여운 속에서」) 같은 서로의 눈동자를 바라본 채 합주는 반복된다. 그 누구도 재청을 요구하지 않는 텅 빈 무대 위에서 시인은 "철 지난 외투를 벗고 부스스한 머리를 털고 고개 숙여 인사"를 건넨 뒤 "외딴 숲에서 갓 길어 온 서늘한 웅성거림으로 빚은 돌림노래"(「랩소디」)를 다시 또 한 번 읊조린다.

그 별에서는 사람이 죽으면 땅에 묻는다지

땅속 깊이 잠든 그이는 언젠가
사랑했던 연인의 미소로 다시 태어난다지
 ―「앙코르」 부분

　오래전의 이야기로 다시 돌아가보자. 주지하다시피 사랑했던 이를 되찾기 위해 망각의 강을 건넜던 오르페우스의 시도는 당부를 잊고 뒤를 돌아본 그의 어리석은 행동 탓에 실패로 돌아가고 말았다. 하지만 망각 이후 새로운 세계에서의 삶을 살아가는 것 대신 과거의 기억 속에 사로잡힌 생을 택한 것은 시인인 그에게는 당연한 일이었는지도 모르겠다. 당시에도 시인은 "이 세계에 출구가 없는 것처럼 노래에 출구는 없"(「랩소디」)음을 직시하고, 고집스레 그곳에 남아 옛 기억의 노래를 반복하는 이들을 지칭하는 단어였으니 말이다. 그는 므네모시네의 샘물을 마시고 망각의 강에 휩쓸리지 않은 유일한 기억의 필경사로 남았다. 너머의 모든 비밀이 소진되고 아무런 기적도 일어나지 않는 이 한갓된 별에서, "땅속 깊이 잠든" 이를 다시 살려낼 수 있는 일이란 그처럼 누군가를 기억하고 노래하는 방법뿐이지 않을까. 언젠가 그 오래된 꿈이 "사랑했던 연인의 미소로 다시 태어"나길 기도하며, 멈춰버린 이 노래가 "언젠가는 더 나은 파동을 그리며 이어지리라 믿으며"(「악보 위의 인생」) 시인들의 연주는 다시금 시작되는 듯하다.

그들이 불렀던 옛날의 랩소디(rhapsody)는 꿰맨다는 뜻을 지닌 라프테인(rhaptein)과 노래를 의미하는 오이디아(oidia)가 합쳐져 만들어진 것이라고 한다. 신동옥 시인 역시 이 시대의 지반과 불협화음을 이루는 지난 시절의 꿈과 아름다운 기억들을 "천연색 조각보처럼 이어"(「눈의 효과」) 붙이고 있는 듯하다. 백 년 전의 식물학자가 그러했듯 언젠가 그들의 노래도 빛나는 커튼콜에 휩싸이는 미래가 올까. 헛된 확언은 할 수 없지만 다만 확실한 것은 시인의 노래가 지금 우리에게 남은, "삶 그 자체와 맞바꾼 마지막 프로그레시브"(「악보 위의 인생」)일지도 모른다는 사실뿐이다. "맥박 속에 여울지는 이 노래"가 "모든 인간을 변화하게 만드는"(「아가」) 꿈같은 순간을 위해, "가장 잘고 연약한 숨결"과 "보잘것없고 버림받은 말씨로 엮어"(「작사가」)진 이 노랫말의 힘을 아직 믿고 있는 누군가를 위해 오늘도 시인의 기약 없는 노래는 멈추지 않을 것만 같다.

신동옥에 대하여

한 시인에게서 우리 시의 총체적 구조를 구할 수는 없다. 다만, 틀림없이 신동옥 시인의 이력에는 2000년대 이후 우리 시의 기저를 형성해온 두 가지 의지가 깃들어 있다. 체계의 왕이 되려는 의지와 왕의 체계가 되려는 의지가 그것이다. 전자로서 시는 종결을 지닌다. 윤리의 왕국에 이르는 의미의 지도를 내장했기 때문이다. 후자로서 시는 발화의 권능 스스로를 섬긴다. (중략) 적어도 신동옥은 이 중심을 지키고 있는 것으로 보인다. 돌고 돌며 자꾸만 갈라지는 중심 위에 서 있는 이 시인에게 의미와 반향이 대립해온 지금까지의 21세기를 되풀이하는 대신 새로운 기저가 되기를 기대하는 것은 앞서 살펴본 이런 내력 때문이다.

조강석, 「선정의 말」, 《쑴》 11호, 2020 하반기.

그동안 그의 시는 현실의 가공할 폭력성을 맵차게 증언하는 정치적 사유와 결합하기도 하였고, 열정적인 자기 개진을 스스럼없이 욕망하기도 하였다. 그에게 '시'는 많은 생각과 예감을 더욱 강렬하게 전달하는 언어적 구성물로 현상하고 작용해왔다. 그만큼 그의 시는 용어법이나 서술상의 차원이 아니라 심미적이고 사유적인 차원에서 쓰이며, 그 결과 시는 단순한 기술상의 언어가 아닌 심미적 결정(結晶)을 형성하는 일종의 '존재 내적' 언어가 되어온 것이다. 오랜 서정의 원리에 근원적인 균열을 내면서 "현실의 삶 속으로의 신비의 갑작스런 침입"(프랑수아 레이몽)을 해 온 그의 시가 형이상학적 전율 부재로 특징지어지는 우리 시의 척박함과 가벼움을 극복하는 대안적 방법으로 등극하기를 나는 바란다.

유성호, 「은은하게 빛나는, 희고 아름다운 발걸음」,

『밤이 계속될 거야』(민음사, 2019).

K-포엣

앙코르

2022년 12월 30일 초판 1쇄 발행

지은이 신동옥
펴낸이 김재범
인쇄·제책 굿에그커뮤니케이션
종이 한솔PNS
펴낸곳 (주)아시아
출판등록 2006년 1월 27일 제406-2006-000004호
주소 경기도 파주시 회동길 445
전화 031.944.5058
팩스 070.7611.2505
전자우편 bookasia@hanmail.net
홈페이지 www.bookasia.org

ISBN 979-11-5662-317-5(set) | 979-11-5662-619-0

값은 뒤표지에 있습니다.
이 책은 서울특별시, 서울문화재단 '2022년 창작집 발간 지원사업'의 지원을 받아 발간되었습니다.

바이링궐 에디션 한국 대표 소설 목록